자살 여행

자살 여행

1판 1쇄 발행 2021년 9월 3일

지은이 윤주열

교정 윤혜원
편집 유별리

펴낸곳 하움출판사
펴낸이 문현광

주소 전라북도 군산시 수송로 315 하움출판사
이메일 haum1000@naver.com **홈페이지** haum.kr

ISBN 979-11-6440-829-0 (03800)

좋은 책을 만들겠습니다.
하움출판사는 독자 여러분의 의견에 항상 귀 기울이고 있습니다.

자 살 여 행

윤주열 저

목차

프롤로그

"나의 사랑"

"나의 연인"

"나의 미래"

1장

그는 누구인가

그의 이름은 영수이다. 영원히 빼어나라는 의미를 띤다. 작고하신 할아버지께서 주신 이름이다.

그의 아버지는 소작농으로 전라도에 살고 있다.

그는 어려서부터 가난과 함께 살았다. 힘든 시간 속에 나는 무엇이 되어야 하나 고민을 늘 달고 살았다. 최종 결론은 공부밖에 없었다. 그래서 초등학교 시절 늘 그는 책을 가지고 다니며 인생의 교훈을 얻으려 노력했다.

중학교에서도 늘 교과서와 문제집을 놓지 않았다. 살림이 빠듯한데 문제집을 사는 것도 힘겨웠다. 그래서 그는 새벽에 신문 돌리는 일을 하였다. 아침 공기를 마시며 빠르게 달리며 일하는 것은 그에게 상쾌함과 동시에 체력 단련, 정신 수양에도 좋았다. 그러나 문제는 비가 오거나 눈이 오면 지각하기 일쑤였고 때론 선생님에게서 꾸지람을 들었다. 그러면서도 선생님을 미워하지 않았다. 해맑은 미소로 선생님을 바라보았고 그때마다 선생님은 들어가서 "빨리 공부해."라는 말을 들었다. 그는 항상 공부에 열중했고 쉬는 시간마저 공부에 열중했다. 시험성적은 늘 상위권이었다. 선생님들의 신임을 얻고, 친구들과도 우애가 좋았다. 그럴 때마다 속히 일진들이라는 아이들이 시비를 걸었다.

"야, 너 그렇게 공부해서 뭐 할래?"

"야, 너는 그렇게 공부 안 하고 놀기만 하면, 너희 어떻게 되려고 하냐?"

"내가 알면 내가 신이게."

"그러지 말고 너희들 나랑 공부해 볼 생각 없냐?"

"미친놈!"

"야, 우리 기분도 꿀꿀한데 학교 째고 PC방이나 가자. 가방은 내버려 두고 가자"

쉬는 시간 끝나고 종소리가 울려 퍼진다. 그때 마침 선생님이 오셨다.

"너희들 단체로 어디가?"

"화장실 가려고 하는데요."

"쉬는 시간에 안 가고 뭐 했어?"

"그게….'

"요 녀석들아!"

선생님께 꿀밤을 한 대씩 맞았다.

"교실에 빨리 들어가."

"공부가 하기 싫으면 잠이라도 자라."

"너희는 영수 반만이라도 따라가 봐라."

"네 알겠어요, 쌤."

시간은 흘러 졸업 시즌이 되었다. 그는 전체 수석으로 졸업을 하게 되었다. 그런데 영수는 진로 문제에 관해 심각한 고민에 빠졌다. 명문고를 갈 것인지, 일반고를 가야 하는지 생각할수록 미궁에 빠져들었다. 그래서 일단 담임선생님을 만나기로 했다.

"선생님, 진로 고민이 있어서 왔습니다. 명문고를 가야 할지, 일반고를 가야 할지 모르겠습니다."

"그래, 일단 잘 왔다. 너의 사정을 익히 알고 있었다. 너 정도 실력과 노력이면 명문고를 가는 게 맞다."

"제 사정을 아시잖아요."

"그래, 일단 선생님이 노력해 보마. 걱정하지 말고 명문고를 가라."

"네. 알겠습니다."

졸업식 날이 찾아 왔다. 모두 축제의 분위기에 빠졌다. 꽃을 들고 부모님과 사진을 찍는 친구들, 모든 게 좋아 보였다. 그러나 영수의 아버지 오시지 않았다. 어머니는 가고 싶었지만 아버지가 만류한 끝에 오시지 않았다. 농사나 지을 것이지 왜 공부를 하냐는 말이다. 탐탁지 않았다. 영수가 든 건 오직 전체 수석 상장일 뿐이었다. 그래도 일은 잘 진행되었다. 담임 선생님이 교육청에 전화하여 영수의 사정을 알리고 전액 장학금을 주기로 했던 것이다. 그는 내심 기뻤지만 슬프기도 했다. 저기 멀리서 일진들이 다가온다.

"오, 너 명문고에 붙었다며. 대단한데?"

"너희는 어느 고등학교 가냐?"

"꼴통들이 갈 데가 있냐? 농고 아니면 공고지, 인마!"

"우리 그러지 말고 PC방에 갈까?"

"그래 한번 가 보자!"

팀을 이루어 게임을 하기로 했다. 영수는 운 좋게도 게임을 제일 잘하는 친구와 일전을 치르기로 했다. 친구는 영수에게 간단한 조작법을 알려주었다. 게임이 시작됐다. 팀을 이루어도 져 본 적이 없는 친구가 계속 게

임에 지자 점점 화가 났다. 상대편 친구들은 그때마다 환호성을 질렀다. 참을 수 없었던 친구가 영수에게 화를 내며 말했다.

"너, 천재인 줄 알았는데, 바보구나?"
"……."

시간은 흘러 명문고 입학식이 다가왔다. 영수는 하늘을 걷는 듯한 기분을 얻었다. 그의 꿈은 고교 졸업 후, 명문대에 가서 ○○전자에 입사하는 것이다.

전쟁 같은 입시 경쟁에서도 그의 학업 의지는 그 무엇에도 꺾이지 않았다. 매일 매일 하루에 4시간씩만 자며, 공휴일에도 쉬지 않았다. 공부도 늘 상위권에 맴돌았다. 그렇게 꿈은 점점 가까워졌다. 몸은 피곤했어도 뿌듯한 마음이 일어났다. 수능 날이 점차 다가왔다. 긴장감과 초조함이 그를 따라 다녔다. 그러나 집중력은 그럴수록 커져만 갔다. 수능 날 기도를 했다. 마음이 차분해졌다. 시험이 시작되자 그는 모든 문제를 빠르게 풀어 갔다. 오히려 시간이 남아 검토까지도 했다. 수능이 끝나자 그는 안도감을 느꼈다. 그렇게 그는 좋은 성적을 내었고 서울 중위권 대학의 전자공학과에 입학했다.

그러나 문제가 생겼다. 등록금과 입학금, 월세, 생활비 또 다른 전쟁이 시작되었다.

바람도 쐴 겸 고향 집으로 찾아갔다. 어머니가 반겨 주셨다. 그러나 아버지는 인사를 해도 아무 반응이 없었다. 어머니가 모처럼 찾아온 아들을 위해 진수성찬을 차려 주셨다. 역시 전라도 어머니의 음식 솜씨는 좋았다. 밥을 두 그릇째 게걸스럽게 먹었다. 며칠이 흘렀다. 이제는 떠나야 할 시간이다. 아버지는 꼼짝도 안 했다. 어머니가 배웅을 맞이하며, 학비에 쓰라며 적은 돈을 주셨다. 괜찮다고 해도 어머니가 주머니에 꼭 넣어 주신다.

영수는 일단 학자금 대출을 받기로 했다. 그 돈으로 입학금, 등록금, 월세, 생활비를 마련할 수 있었다.

이제부터는 지옥 길이다. 영수는 일단 아르바이트 자리를 구해 보았다. 편의점 야간 아르바이트 자리가 있었다. 사장님을 만나 보았다. 성실해 보이고 친절해 보여 그를 채용하기로 했다. 이상하게도 영수가 야간 아르바이트를 할 때면 매출이 2~3배가 올라갔다. 영수 또한 알고 있었다. 그래서 사장님께 간곡히 여쭤보았다.

"사장님, 저 야간 아르바이트 시간에 사업에 지장이 없을 정도로 공부 좀 하면 안 되겠습니까?"

사장님은 흔쾌히 요청을 받아들였다. 영수의 대학 일상은 늘 같은 패턴이다. 야간 아르바이트 중 틈틈이 공부하고 폐기 처분된 도시락과 삼각 김밥을 먹으며, 대학에 가서도 열심히 공부하고 또 했다. 도서관에서 2~3시간 공부를 하고 집에서 몇 시간 잠을 잔 후, 야간 아르바이트를 나갔다. 공휴일이면 일일 막노동을 할 정도로 성실했다. 방학 때는 등록금에 보태려 공장에 들어가 단기 아르바이트를 하였다.

그의 군 생활도 남달랐다. 수색대에 지원하여 모범적이고 성실하게 군 생활을 하여 대대장의 표창까지 받았다.

어느덧 6년이라는 시간이 흘러 대학 4학년생이 되었다. 꿈은 점점 실현할 수 있을 정도로 성장했다.

오늘은 그의 작은 축제의 날이다. 어김없이 한강에서 바람을 맞으며 시원한 맥주를 마시는 날이다. 한강 둔치로 가려면 한강 다리를 건너야만 했다. 그런데 한강 다리에서 웬 여자가 난간에서 흐느끼며 물끄러미 한강을 쳐다보는 것이었다. 의아해했다.

2장

첫 만남

영수는 조심스럽게 그녀에게 다가갔다. 그러자 힐끔 영수를 보더니 다시금 한강을 바라본다.

"한강 물은 왜 검을까요?"
"밤이라서 그렇죠!"
"사람은 왜 죽을까요?"
"제가 그걸 어떻게 알겠어요?"

계속해서 이상한 말만 늘어놓는다.
그 이후 대화는 30분 이상 계속되었다.
영수는 지나치고 싶었으나 큰일이 날 것 같아 그녀를 계속 잡아 두고 있었다.

"우리 그러지 말고 한강 둔치에서 치맥이나 먹읍시다."
"저 술 못 마셔요."
"그러면 치킨이라도 드세요."
"맥주 한잔 마셔 볼게요."
"어서 갑시다."

다행히 한강공원에 도착했다.
영수는 특별히 맥주와 함께 치킨을 주문하였다.

"치킨 식기 전에 빨리 먹읍시다."
"전 술 먼저 먹을게요."

그러더니 맥주 캔을 딴 후에 한 모금 마셔 본다.

"아, 써! 사람들은 무엇 때문에 술을 마시나요?"
"저도 모르겠어요."

그러면서 영수도 한 모금 마신다.

"이제 치킨 좀 먹어 보세요."
"닭 다리가 맛있나요, 닭 날개가 맛있나요?"
"취향의 문제죠."
"전 닭 날개가 맛있을 것 같아요."
"왜죠?"
"닭 날개만 먹으면 날 수 있을 것만 같아요."

그녀가 조금씩 닭 날개를 먹기 시작한다.

영수도 닭 다리를 하나 집어 들어 한 입 베어 문다.

"왜 닭 다리를 먹나요?"
"그냥 닭 다리 먹으면 빨리 달릴 수 있을 것 같아요."

그녀가 힐끗 웃기 시작했다. 그 후 얘기를 다시 시작한다.

"올해 나이가 어떻게 되세요?"
"26살이에요."
"저랑 동갑이네요. 저도 26살입니다. 하하하!"
"우리 그러지 말고 친구 합시다."
"그러죠."
"어디 사세요?"
"그런 걸 왜 말해야 하죠?"
"왠지 집으로 데리고 주고 싶어요."
"무슨 짓을 하시려고 그러시나요?"
"저는 그런 남자 아닙니다."
"○○고시원에 살아요."
"아, 그 고시원 저도 아는데"
"......."

그렇게 그들은 3시간을 얘기하며 친밀감을 느꼈다.
여자가 곯아떨어지고 있다.

"제가 바래다 드릴게요. 지금 상태로는 혼자 두고 가기에는 너무 위험합니다."

여자가 곰곰이 생각한다. 자기가 생각해도 위험할 것 같았나 보다.

"네, 그래요."
"우리 마지막으로 전화번호 교환합시다."

잠깐 망설이더니 전화번호를 교환한다.

영수는 큰맘 먹고 택시에 태워 그녀를 우여곡절 끝에 간신히 그녀를 집에 데려다주었다.

3장

그녀는 누구인가

그녀의 이름은 영희다. 영원히 기뻐하라고 아버지가 지어 주셨다.

그의 아버지는 경상도에서 작은 목회자이다. 그는 마태복음 5장 3~4절 구절을 좌우명으로 삼고 있다. "심령이 가난한 자는 복이 있나니 천국이 그들의 것임이요, 애통하는 자는 복이 있나니 그들이 위로를 받을 것임이요." 이 구절을 가장 좋아한다.

농촌에 있는 작은 교회였고 성도들의 대부분 할머니와 할아버지, 학생, 청년 2~3명이 고작이었다. 항상 생활고에 시달려야 했다.

그녀는 아버지 밑에서 독학으로 배운 피아노를 치며 찬송가를 불렀고, 학생들과 함께 성경공부를 하는 것이 즐거웠다.

학업 성적도 우수했지만 작은 마을이라 공부하기가 수월했다. 그녀의 꿈은 국어 교사가 되는 것이었다.

그녀를 짝사랑하는 청년이 있었다. 그는 아버지 밑에서 논 만 평을 가지고 있었으며, 작은 사과 농장도 가지고 있었다. 믿음도 충실한 터라 일요일이면 말끔히 차려입고 교회에 나갔다. 그는 늘 목사님에게 "따님을 저에게 주세요. 힘들겠지만 알콩달콩 살아가겠습니다."라고 말했다. 그럴 때마다 목사님은 확답을 주지 못하고 성인이 될 때까지 기다려 보자고 설득했다.

어느덧 시간이 흘러 고3이 되었고 수능에서도 꽤 나쁘지 않은 점수로 서울 하위권 대학의 국어교육학과에 합격했다.

아버지가 그녀를 불러냈다.

"영희야, 대학에 들어갈 거냐? 우리의 형편을 너도 잘 알잖아. 네게 등록금으로 줄 돈이 한 푼도 없구나. 그러지 말고 ○○○ 청년을 만나 보는 게 어떠냐? 성실하고 신앙심도 깊단다."

"아버지의 말씀은 잘 알고 있습니다. 그런데 저는 꼭 국어 교사가 될 거예요."

"다시 한번만 생각해 봐라. 서울에 가면 고생만 할 거다."

"그래도 꼭 국어 교사가 되고 싶어요."

"그럼, 그렇게 하려무나."

그 날 밤 영희는 잠을 잘 수 없었다. 흐느끼며 온 베개에 눈물을 흘렸다. 그렇게 서울에 무작정 상경하여 고시원에 들어갔다. 신용 등급은 낮았지만 적게나마 돈을 대출받을 수 있었다. 그러고 나니 미래에 대한 희망으로 가득 찼다. 꼭 멋진 선생님이 되겠다고 수백 번을 다짐했다.

입학식 날 동기들과 인사하며 함께 잘 지내보자고 다짐했다. 친구들도 상냥한 것 같아 기분이 좋았다. 새로운 출발이 시작되었다. 이제 공부만 열심히 하면 되겠구나 안도의 한숨을 내쉬었다.

개강하고 나서 그녀는 수업을 모두 듣고 대학 도서관부터 먼저 갔다. 대학 도서관이 끝날 때까지 공부했다. 그리고 집에 와서 다시 책을 꺼내 공부를 했다. 배고픔도 잊은 채 말이다.

서울에서 맞는 첫 일요일 돌아왔다. 그녀는 자석에 끌리듯 교회를 물색하기 시작했다. 명설교로 유명한 대형 교회에 들어갔다. 말씀은 은혜로웠다. 그날 설교의 말씀은 마태복음 5장 5절 "온유한 자는 복이 있나니 그들이 땅을 기업으로 받을 것임이요."였다.

새 신자가 들어왔다고 어떤 권사님이 다가와 말을 건다. 흔히들 있는 일이지만 그녀가 바짝 긴장했다. 대략 어디서 왔냐, 어디 사냐, 지금을 무엇을 하고 있느냐, 교회를 계속 다니겠냐 등 뻔한 얘기였다. 그래도 영희는 웃으면서 일일이 다 화답해 주었다.

대형 교회여서 그러한지 청년들도 많았다. 우연히 한 남자가 다가와 청년회에 들어오겠냐고 물었다. 그러겠다고 했다. 그럼 지금 당장 청년회 모임이 있으니 가 보자고 권유했다. 망설였지만 따라가기로 했다. 앞에 나와서 자기소개 좀 부탁한다고 말했다. 그녀는 말했다. 아버지는 작은 교회 목회자이며, 국어 교사가 되기 위해 서울에 상경했다고. 그러더니 새로운 성도가 왔다고 축복 송을 불러 주기 시작한다.

"당신은 사랑받기 위해 태어난 사람, 당신의 삶 속에서 그 사랑 받고 있지요!"

그녀는 멋쩍은 미소를 띤 채 노래가 끝나기만을 기다렸다. 그렇게 시간은 흘러 집으로 돌아왔다. 숨 가쁜 하루였지만 뿌듯하기도 했다.
그렇게 하루가 저물어 갔다.
다음 날 새벽같이 일어났다. 핸드폰에 알람 설정을 해 놓지도 않았는데도 말이다. 세수를 먼저하고 책을 꺼내 들었다. 다시금 공부를 한다. 새벽이라 조용해서 집중력이 늘었다. 뱃속에서 꼬르륵 소리가 난다. 그러나 그녀에게 먹을 것이라곤 하나도 없다. 고시원 입주 첫날 원장님께서 하신 말씀이 떠오른다. 주방에 밥과 김치가 있으니 양껏 먹으라고 말했던 기억이 그녀를 스쳐 갔다. 주방에 갔다. 정말로 밥과 김치가 있는 것이 아닌가? 그런데 수저와 밥그릇이 없다. 주방에 보니 남이 사용한 듯한 용기가 보인다. 밥을 먹고 씻어 놓으면 된다고 생각했다. 그렇게 아침을 때웠다.

날이 밝아 오자 학교에 가기로 했다. 참 부지런한 어르신들이 나와서 마당 청소를 하신다. 처음으로 고시원장을 뵈었다.

"안녕하세요!"
"어, 학교 가냐?"
"네!"

다음번에는 할머니를 만났다.

"안녕하세요!"
"요즘 보기 드문 학생일세? 인사도 다 하고 말이야."

그렇게 차례로 인사를 드리며 학교에 도착했다.

그녀의 패턴은 이러했다. 매일 새벽에 일어나 공부를 하다가 아침 식사를 한 후 학교 도서관에서 날을 새고 다시 집으로 돌아왔다. 점심은 학식, 저녁은 삼각 김밥이었다. 성적은 늘 오르기만 했다. 성적 장학금을 받을 정도였다. 하지만 그녀에게 문제가 생겼다. 그녀가 공부를 열심히 할수록 여자들의 질투를 받은 것이다. '쟤 옷차림이 무어니?', '또 삼각 김밥을 먹네!' 친구들이 적들로 바뀌어 가고 있었다. 그래도 그녀는 꿈이 있었기에 모든 걸 인내 할 수 있었다. 그녀의 유일한 낙은 교회를 가는 것이었다. 찬송하며 기도하는 것이 그녀에게 안도감을 선사해 주었다. 더 나아가 그녀는 성실성을 인정받아 아이들의 교사로 임명되었다. 아이들도 좋아해 주었다.

4장

교회 엄친아

그의 이름은 억만이다. 억만장자가 되라는 뜻이다.

그의 아버지는 ○○전자 임원까지 지내셨던 분이라 풍족하게 살았고 남 부러울 게 하나 없었다. 강남에 집이 있으며 지금은 대형 교회 장로로서 재직 중이며, 교회 식구들과 친분도 대단했다.

그런 환경 속에서 자란 억만이는 부모의 강요로 초등학교 때부터 여러 학원에 다니기 시작했다. 초등학교 때 이미 중학교 교육을 받았으며, 중학교 때는 고등학교 과정을 전수 받았다. 학원에서 이해가 안 되는 부분이 있으면 과외 선생님에게 지도를 받았다. 수능 날에 거의 만점에 가까울 정도의 성적을 받고 최상위권 대학 국립 S대 전자공학부에 차석으로 입학했다.

훤칠한 키에 미남형 얼굴 깔끔한 옷차림새 그 하나도 빠지지 않는 엄친아다. 항상 대학에서도 여자들이 따랐다. 그럴 때마다 짜증 나지만 일일이 후배들에게 밥을 사줬다.

그는 아르바이트 한번 해 본 적도 없고 군대도 면제받았다.

4년 만에 대학을 수석으로 졸업을 하게 됐다. ○○전자에서는 특채로 그를 뽑아 갔다. 그리고 그는 ○○전자에서 실력을 인정받아 3년 만에 ○○전자의 과장 직함을 달았다. 회사에서도 그렇다. 매일 여사원들과 커피를 마시며 희희낙락거리며 시간을 때웠다. 남자 사원들은 곱지 않은 시선

이 있었지만, 그는 개의치 않았다.

　일요일이면 꼭 대형 교회에 갔다. 그는 기타를 멋들어지게 칠 줄 알았다. 그래서 설교 전 찬양과 예배를 드리며 전 성도를 인도해 갔다. 그는 늘 선망의 대상이었다. 교회에서도 여자들이 달라붙었다. 이제는 짜증이 날 지경이다. 그런데 그에게 말 한번 건 적이 없는 자매가 있었다.

　그가 바로 영희다. 그는 그녀에게 다가가 말을 걸 때도 어여쁜 미소를 지을 뿐 아무 말도 하지 않았다. 억만은 그녀를 알 수가 없었다. 그래서 더 궁금증만 커질 뿐이다.

　그리고 대형 교회에서 남성들의 인기를 끄는 여인이 있었으니 억희다. 커서 부자가 되라는 뜻이다. 그의 아버지는 ○○전자 협력 업체 사장으로 많은 돈을 벌었다. 강남에 아파트는 물론이고 양평에 별장이 있었으며, 금싸라기 땅을 가지고 있었다. 그도 역시 대형 교회 장로였다.

　그녀의 얼굴은 보통이지만 귀여움이 있었다. 그녀는 공부하기를 싫어했다. 학원에 보내도 가기 싫다고 울고불고 야단법석을 떨었다. 그녀의 아버지는 그럴 때마다 그를 안아 주며, 그럼 공부하지 말라고 권했다. 그제야 살짝 미소를 띠며 아빠에게 뽀뽀하기도 했다. 그녀는 공부보다 꾸미는 것을 좋아했다. 명품 매장에 들러 맘에 드는 것은 모두 가질 수 있었다. 그리고는 아빠에게 "이 옷 예뻐."라며 패션쇼를 하곤 했다. 그럴 때마다 아빠는 우리 억희가 세상에서 제일 이뻐 라며 말하곤 했다. 그녀는 전문대학 패션디자인학과를 나와 현재 백수다. 그녀의 나이 22세다.

　어느 일요일 예배를 마치고 억만이가 영희에게 다가갔다.

"영희 자매님, 오늘 바쁘세요?"
"아니요."
"그럼 저랑 저녁 식사 하러 가실래요?"

영희가 갑자기 긴장하였다. 심장이 요동친다.

"제가 최고급 레스토랑에 벌써 예약해 놓았습니다. 같이 가시죠."

영희의 선택은 없었다.

"그럴까요?"
"제가 안내해 드리겠습니다."

그때 때마침 억희와 마주쳤다.

"오빠, 어디가?"
"영희 자매님과 파스타 먹으러 가는데."
"오빠, 나도 따라가면 안 돼?"
"어, 그래…."

교회를 나왔다. 벤○ 차량이 있는 곳으로 갔다.
억만이는 일일이 문을 열어 주었다.

"오빠, 내가 앞에 타면 안 돼?"
"어, 그래!"
"영희 자매님은 뒤에 타셔야겠어요."

억만이는 차 문까지 닫아 준다. 완전한 매너남이다.

"그럼, 출발합니다."

"안전벨트 꼭 매십시오."

그렇게 그들은 최고급 레스토랑에 도착했다. 직원들이 차 문을 열어 주며 발레파킹을 한다.

직원들이 식탁의 의자를 꺼내 놓는다. 메뉴판을 사람당 하나씩 놓아 주었다. 그리고 직원이 오늘은 무슨 파스타가 좋은지, 곁들여 먹으면 좋은 와인까지 설명해 준다.

영희는 메뉴판을 보았다. 처음엔 가격에 놀랐고, 두 번째는 무엇을 먹을까 망설여졌다.

"오빠, 나는 로제 파스타 먹을래."
"나는 크림 파스타!"

영희가 고민에 빠졌다. 무엇을 고를까?
잠시 망설이다가

"저도 억만 씨가 먹는 크림 파스타 먹을게요."
"그럼 와인은 제가 고르겠습니다."

음식이 나오고 대화를 시작한다.

"와인 먼저 마실까요?"
"그래요, 오빠."

잔은 돌리며 향을 느끼며 맛을 조금 마셔 본다.
영희는 어떻게 할 줄 몰라 따라 해 봤다.

"오빠, 역시 와인은 프랑스 ○○와인이야!"

그리고 파스타를 포크로 돌돌 말아 포크에 대고 먹어 본다. 영희는 따라 해 봤지만 어렵기만 하다. 그런 모습을 본 억희는 빵빵 웃는다.

"억희, 지금 뭐 하는 거야?"
"영희 씨는 신경 쓰시지 말고 천천히 드세요."
"……."
"영희 씨 꿈은 뭐예요?"
"국어 교사가 되는 게 제 꿈입니다."
"잘 어울릴 것 같아요."
"오빠, 그러지 말고 우리 건배해요."
"세 명이 와인 잔을 들었다."

그런데 억희가 피식 웃는다.

"언니 와인 잔 그렇게 드는 거 아니에요!"
"……."
"억희, 너 정말 이럴 거냐?"
"미안해, 오빠!"

영희는 파스타가 맛있었지만 도통 목구멍에 넘어가지 않는다.

"영희 씨는 몇 살이에요?"
"26살이요."
"저랑 동갑이네요. 우리 친하게 지내요!"

"네, 그래요."

그렇게 3시간이 흘렀고 모두 헤어지기로 했다.

"영희 씨, 제가 집까지 모셔다드리면 안 될까요?"
"아니요. 저 혼자 갈 수 있어요!"
"오빠 나 집까지 바래다줘!"
"어, 그럴게!"
"그럼 영희 씨는 조심히 돌아가세요! 집까지 모셔다드리지 못해 죄송합니다."

영희가 집에 돌아왔다. 이제야 안도의 한숨을 내쉰다. 그래도 기분은 나쁘지 않았다.

5장

당 회의실

    오늘은 일요일이다. 어김없이 담임 목사의 설교가 이루어졌다. 장로들은 그를 신을 받들어 모신 듯 배웅 맞아 인사를 드린다. 그때였다. 담임 목사님이 억희의 아버지, 장로님에게 당 회의실로 오라고 신신당부한다. 무슨 일일까? 억희의 아버지가 당 회의실로 갔다.

    "들어가도 되겠습니까?"
    "네, 들어오세요!"
    "목사님, 무슨 이유로 절 부르셨습니까?"
    "일단 앉아서 얘기하세."
    "그러죠."
    "요즘, 우리 교회에서 보낸 브라질 선교사가 크게 힘들어한다네. 재정적으로나 사회적으로 혼란이 심해 선교를 잘 할 수 없다네."
    "그럼, 전 무엇을 하면 좋겠습니까?"
    "선교 헌금으로 천만 원을 내줄 수 있겠나?"
    "목사님이 그러하시다면, 그렇게 합죠!"
    "역시 장로님밖에 없다네. 그건 그렇고 자네 억만이라고 알고 있나?"
    "잘 알고 있습죠."
    "청년이 건강하고 착실한 사람이네."

"그것도 알고 있죠!"

"억만이 이 친구는 미래가 창창한 사람이라네. 자네 딸이 몇 살이라 했지?"

"22살입니다."

"자네는 억만이를 어떻게 생각하나?"

"사위 삼기 딱 좋죠!"

"내 말이 그 말일세! 혼례를 치러 보는 건 어떻겠나?"

"저희야 마다하지 않죠! 그런데 억만이는 군대를 어디 나왔습니까?"

"어깨 탈골증으로 면제를 받았다네."

"신의 아들이 따로 없군요."

"하, 하, 하! 둘이 결혼하는 건 어떻게 생각하나?"

"저희는 만반의 준비가 다 되었습니다."

"그럼, 오케이 사인이라 생각하겠네."

"알겠습니다."

담임 목사는 이제는 억만이의 아버지, 장로님을 불렀다.

"무슨 일로 오라고 했습니까?"

"자네 억희 알지!"

"그럼요."

"자네 억희에 대해 어떻게 생각하나?"

"조금 모자란 구석도 있지만 참 밝은 성격의 애죠."

"그러면 억만이와 결혼시킬 생각은 있는가?"

"억희가 억만이를 많이 좋아 하더라고요."

"억만이가 결혼할 시기도 됐고 이참에 억희와 결혼하는 게 어떻겠나?"

"조금 부담스럽긴 하지만 나쁘지만은 않을 것 같아요!"

"그래서 싫다는 거냐, 좋다는 거냐?"
"그렇게 해 보도록 노력해 보겠습니다.
"알았네. 그럼 가 보게."

이후 장로님들이 함께 모여 얘기한다.

"장로님, 담임 목사님 뵈었습니까?"
"저도 어떡해야 할지 고민됩니다."
"이참에 애들 결혼시키는 게 맞는 것 같습니다."
"그럼 그렇게 하시죠? 자식들은 우리가 설득해 봅시다."

이후로 두 장로님은 자식을 설득했고 결혼하기로 가닥을 잡았다.

6장

상견례

억희의 아버지는 상견례장에 부담을 느낄까 봐 작은 호텔을 예약했다. 때가 왔다. 양가 부모님과 억만이, 억희가 모두 자리에 앉았다.

"먼 길 오느라 수고들 하셨습니다."
"자 우리의 행복을 위해 건배합시다."
"우리 이제 사돈이 됐으니 우리를 위하여 건배!"
"건배!"

서로들 포도주 잔을 들고 건배를 한다.

"자, 이제 저녁을 먹읍시다."

코스 메뉴들이 줄지어 온다.

"4년 차이는 궁합도 안 본다는데, 참 잘된 일이군요!
"사돈, 집은 강남에 있는 아파트로 전세를 놓는 게 어떨까요?"
"그러지 말고 제가 보태어 줄 터이니 집을 한 채 사죠."
"그럼 더 좋고요!"

"억만이는 이미 차를 가지고 있으니, 억희에게 새 차 하나 사 줄까요?"
"억희가 운전면허도 없어 그건 소용이 없네요."
"알겠습니다, 사돈."
"운전면허 따면 그때 차차 생각하죠?"
"맞는 말씀입니다, 사돈."
"결혼식장은 어디로 예약할까요?"
"많은 사람이 올 테니 ○○호텔로 하는 건 어떻겠습니까?"

갑자기 억희가 말을 한다.

"거긴 너무 구려요. △△호텔로 하죠."
"하, 하, 하……."
"억희가 생각이 없는 줄 알았더니만 생각이 있구나!"
"억만이 자네는 어떻게 생각하나?"

시무룩해 있던 억만이가 대답한다.

"나쁘지 않은 것 같네요."
"그럼 결혼 날짜를 언제로 잡을까요?"
"그건 철학관에 가서 물어봅시다."
"좋은 생각이네요."
"오빠, 이제 우리 진짜 결혼하는 거야?"
"응, 그래."
"오빠, 신혼여행은 어디로 갈 거야? 하와이? 아니면 괌?"
"오빠는 네가 좋아하는 곳으로 갈게!"
"그건 나중에 생각하고 자, 이제 음식들을 먹읍시다."

"음식 맛이 오늘따라 더 맛있군요!"

"억희야, 넌 어때?"

"먹을 만하네요!"

"오빠는 어때?"

"응, 맛있는 것 같아."

"자, 이제 두 남녀의 사랑과 행복을 위해 기도합시다."

"아멘!"

몇 시간의 시간이 흐르고, 이제 헤어질 시간이다.

각자 대리운전을 불렀다.

"오늘 화기애애한 분위기 정말 좋았습니다!"

"다음에 뵙시다."

그렇게 모두 집으로 떠나갔지만 억만이는 시큰둥해 있었다.

7장

결혼식 날

결혼식 일주일 전 억희가 영희에게 말했다.

"언니, 내 결혼식에 와 줄 거지?"
"음, 되도록 갈게."
"나는 언니가 내 부케 받아 주었으면 해!"

영희는 결혼식 날 입고 갈 마땅한 옷과 구두도 없었다. 그렇지만 최대한 예쁘게 치장하고 갔다. 결혼식장은 인산인해를 이루었다. 교회 성도들, 친인척, 기업 사장님들 할 것 없이 다 모였다. 그러나 결혼식장에 들어갈 수 있는 인원은 50명 남짓이었다. 밖에서 대기하는 사람, 뷔페에 간 사람, 그냥 돌아가는 사람, 결혼식장에 앉지 못해 서 있는 사람 등등 발 디딜 틈이 없었다. 축의금은 안 받기로 한 이상 돈은 내지 않아도 되었다. 영희는 깊은 안도의 한숨을 쉬었다. 영희는 결혼식장 안에서 서 있었다.

"신랑, 신부 입장!"

축포가 터지며 사람들은 모두 박수를 보냈다.
신부는 미소를 띄웠고, 신랑은 혼이 빠진 사람 마냥 걸어갔다.

바로 찬양이 이루어지고 담임 목사님의 설교가 이어졌다.

"우리는 굳건한 바위처럼 살아야 합니다. 비가 오나, 눈이 오나, 태풍이 불거나, 홍수가 올지라도 우리는 다 이겨낼 수 있습니다. 우리는 반석 위에 굳건히 서야 합니다."

설교는 계속 이어졌고, 사람들은 감탄을 금치 못했다.
박수갈채가 쏟아졌다.

"신랑은 신부를 사랑하느뇨?"
"네."
"신부는 신랑을 사랑하느뇨?"
"당연하죠!"

사람들이 웃기 시작했다. 이제 부케를 던질 차례다.
영희는 딱히 내키지는 않았지만 나가기로 했다.
10명의 처녀가 부케를 잡기 위해 신경전을 벌였다.

"자, 이제 던집니다."
"하나, 둘, 셋!"

어쩐 일인지 부케가 영희에게 오는 것 아닌가? 영희는 당혹감을 느꼈다. 다른 처녀들은 부케를 잡기 위해 몸부림도 개의치 않았다. 순간 영희 두 손으로 부케가 들어왔다. 두 손으로 잡았다. 그런데 너무 떨려 놓치고 말았다. 처녀들은 부케를 잡기 위해 다이빙도 금치 않았다. 사람들은 박장대소하며 웃었다. 양 부모님들 또한 웃었다.

그렇게 식은 축복 환호 속에 마무리되었다. 영희는 배가 고팠지만, 염치가 없을 것 같아 뷔페에 들어가지 않고 그냥 나왔다. 고시원으로 가는 길, 목이 말라 작은 구멍가게에 들어가서 물을 사기로 했다.

"안녕하세요, 아주머니!"
"어, 그래! 영희로구나!"

저쪽에 보니 번개탄을 들고 온 할머니가 있지 않은가?

"안녕하세요, 할머니."
"인사성이 밝아!"

할머니는 번개탄을 사 들고 나갔고, 영희는 물을 구입했다.
아주머니가 얘기한다.

"저 양반 정말로 딱하지! 남편이 알코올 중독에 빠져 일도 안 하고 행패만 부렸지! 고생도 많이 했어. 자식 둘 먹여 살리느라 안 해 본 일이 없다는구나. 남편은 50살에 돌아가시고, 30년을 홀로 살았지. 자식들은 집에도 찾아오지 않아! 그리고 요즘 누가 연탄을 때고 사니? 참 안타까운 양반이야."

영희는 물을 계산하고 신속히 빠져나왔다.

8장

중등임용고시

영희는 졸업 이후 임용시험에서 2번이나 탈락했다. 그러면 그럴수록 초조함만이 다가왔다.

이제는 책도 잡히지 않는다. 학자대출금, 마이너스 통장 합해 오천만 원이라는 빚이 생겼고, 시간이 가면 갈수록 눈덩이처럼 빚만 늘어 갔다. 무작정 고시원을 뛰쳐나왔다. 그리고 향한 곳이 한강 대교였고 그때 영수를 만났다.

그때 이후로 영수와 연락하며 행복감을 느꼈다. 이미 그들은 상대에 대해 모든 것을 알고 있었다. 힘들 때면 영수에게 전화해 이런저런 얘기를 하면서 평안함을 느꼈다. 그녀는 삶의 용기를 얻었고 그럴수록 집중력이 늘어 갔다. 하루에 4시간만 잤다. 항상 배고팠지만, 학구열은 이길 수 없었다. 일요일이면 교회에 꼭 나가 아이들 성경공부 시키는 것이 낙이었다.

억만이는 교회의 집사가 되었고, 억희 또한 집사가 되었다. 영희는 평신도로 남아 있었다. 영희는 개의치 않았다.

이번에는 꼭 임용고시에 합격하게 해 달라고 하나님께 울부짖으며 기도했다. 점차 임용시험이 곧 다가오고 있었다. 그럴 때마다 영수에게 전화해 힘을 얻었다. 오늘이 시험 날이 3번째 시험이자, 마지막 시험이 될 수 있도록 간구했다.

이제 시험을 치른다. 하나님께서 이번에는 꼭 합격하게 해 주시기를 바라며 기도했다. 웬걸 모든 문제가 술술 풀리는 것 아닌가? 영희도 놀라워했다. 이번에는 꼭 붙을 수 있을 것만 같다고 느꼈다. 홀가분한 기분으로 시험장을 나왔다. 영수에게 전화해 이번에 합격할 것 같다고 자랑도 했다.

9장

첫 여행

영희는 신나 있다. 지금처럼 행복했으면 좋겠다. 영수에게 전화를 건다.

"영수야, 뭐 하니?"
"일하고 있지! 넌 뭐하는데?"
"나야, 널 생각하고 있지!"
"그래도 날 사랑해 줄 여자는 너뿐이 없구나?"
"그럼, 당연하지. 그런데 나 바다가 보고 싶어!"
"동해, 서해, 남해. 우리 어디로 갈까?"
"난 물이 깨끗한 동해로 가고 싶어!"
"그럼 경포해수욕장이 어떻겠니?"
"나야 좋지!"
"그럼, 일단 가 보자!"

영수는 계획 일정을 잡았다.

"영희야, 내일 출발하자!"
"○○으로 나와 있어!"

영수는 야간 편의점 아르바이트를 끝내고 렌터카 업체를 찾았다. 그리고 자동차를 골랐고 ○○으로 갔다.

영희가 앞에 보인다. 미소를 띤 채 그녀를 맞이한다.

"영희야, 어서 타."
"정말로 바다로 가는 거야?"

그들은 삶에 쫓겨 여행을 다녀 본 적이 없다.
하늘은 평온하고, 바람 한 점 불지 않았다.
모든 것이 조화로웠다.

"영희는 무슨 노래를 좋아해?"
"자전거 탄 풍경의 너에게 난 나에게 넌. 이 노래가 좋더라."

영수는 바로 음악을 튼다.
모든 것이 평화로웠다.
한 4시간이 흘렀을까? 경포대에 도착했다.
바다의 향이 그들을 반겼다.
갈매기 떼는 힘차게 바람을 가르며 날고 있었다.
어디서 왔을지 모를 사람들은 서로 짝을 지어 자유롭게 바다에 들어가 즐거움을 만끽했다.
이보다 더 좋을 수 없었다.
시간은 흘러가고 저녁노을을 보며 황홀감에 취했다.

"영희야 이제 밥 먹으러 가자!"
"동해는 회가 맛있으니 그곳으로 가자."

회 식당에 왔다. 회 값이 비쌌지만 그것도 문제가 될 게 아니었다.

"영희야, 많이 먹어!"
"무슨 회가 제일 맛있어?"
"나도 몰라, 먹어나 보자!"

회는 싱싱했고 단맛이 났다.

"이 회 꽤 맛있는데? 많이 먹어!"

매운탕이 나왔다.

"이 매운탕도 얼큰하니 맛있는데!"
"영희야, 많이 먹어!"
"이모님, 밥 두 공기만 주세요!"

그렇게 그들은 배불을 만큼 많이 먹었다.

"영희야, 지금 서울 가기엔 너무 늦은 것 같아!"
"우리 하룻밤만 자고 가자!"
"어, 그래!"

영수와 영희는 허름한 모텔로 들어갔다.
성수기인지라 덤터기를 썼지만 그곳도 문제 되지 않았다.
방에 들어가니 뭔가 어색한 느낌이 들었다. 어찌할 수도 없었다.
그때 영수는 영희에게 뽀뽀를 날렸다. 영희도 기분 좋았다.

이제는 키스를 한다. 그의 혀와 그녀의 혀가 부딪힌다.
그리고 침대 위에 그들이 누웠다. 얼마의 시간이 흘렀나?

"사랑해!"
"나도 널 사랑해!"

영수는 피곤에 절어 바로 잠이 들었다.
영희는 그런 모습을 보며 작은 미소를 띄웠다.
영희는 그의 눈도 만져 보고, 코도 만져 보고, 입도 만져 보았다.
그리고 말했다.

"나의 사랑, 나의 연인, 나의 미래."

영희도 그의 곁에서 손을 꼭 붙잡고 잠이 들었다.
새벽이 밝아 온다. 영수가 먼저 일어났다. 그녀의 뺨에 키스를 했다.
잠시 후 영희가 일어났다. 여기가 천국인 것만 같았다.

"우리 씻고 다시 서울로 돌아가자!"
"응, 그래!"

그들은 차를 몰고 다시 서울로 돌아간다.
날씨가 심상치 않다. 바람이 불더니, 먹구름이 끼었다. 그리고 장대비
가 내리기 시작한다.
영수가 너무 당황해 버린다. 고속도로는 빗물로 모두 가득 찼다. 조금
만 핸들을 돌렸을 뿐인데. 차가 좌우로 흔들린다. 영수는 긴장감을 늦출
수 없었다. 저속으로 2차로에서 운전했다. 내심 서울로 돌아갈 수 있을까

하는 생각마저 든다. 그때였다. 차가 요동을 치더니 중앙 분리대를 박아 버리고, 갓길에 부딪혀 멈춰 섰다.

"영희야, 괜찮아?"
"나는 괜찮아!"
"어디 다친 데 없어?"
"없어!"

그래도 천만다행이었다. 뒤차와 추돌을 피할 수 있었다.

10장

D-day

오늘은 임용고시 발표가 있는 날이다.

영희는 잠을 잘 수가 없었다.

몸이 많이 찌뿌둥하다.

시간은 다가오고 초조함만이 엄습한다.

시간이 되었다.

더 이상 합격 여부를 확인할 용기가 생기지 않는다.

그렇게 잠이 들었다.

까마귀가 울고 있다.

그 소리에 잠결에서 일어났다.

한번 확인해 보자!

마음을 다잡는다.

조심스럽게 수험번호를 적고 비밀번호를 적는다.

신이시여, 합격하기만 해 주세요. 손 모아 기도한다.

아니 이게 웬걸!

불합격!

당신의 건승을 빕니다.

하늘이 무너져 버리는 것 같다.

가혹한 현실 속에 점점 더 무너져 버린다.

그녀의 눈가에 이슬이 맺힌다.
이제 더 이상 견딜 수가 없다.
믿을 사람은 영수뿐이다.
영수에게 전화를 건다.

"영수야, 흑흑! 나 이번에도 떨어졌어! 나 어떡하지?"
"그러지 말고 우리 만나자! ○○로 와."

영희는 가는 내내 눈물이 멈추질 않았다.
영수가 밝은 미소로 다가온다.

"우리 삼겹살이나 먹자!"

영희의 눈물이 마르지 않는다.

"괜찮아, 세상 살면서 이런 일도 있고 저런 일도 있지."
"항상 기뻐하면 그 삶도 지겹지 않을까? 우리 삼겹살이나 먹자!"

그제야 영희의 눈물이 멈춘다.
영수가 삼겹살을 구워 영희의 앞 접시에 내어 준다.
영희가 또 운다.

"그러지 말고 한입 먹어 봐!"

영희는 내키지는 않았지만 한 입 먹어 본다.
맛있다. 그래도 눈물이 멈추질 않는다.

영수도 할 말을 잃었다.
다만 영희가 눈물 그치기만을 기다릴 뿐이다.
왠지 영수도 눈가가 촉촉해졌다.
그 모습을 본 영희가 울음을 그친다.

"자, 이제 삼겹살 먹자."
"이모님, 소주 하나 추가요."
"잔은 몇 개 줄까?"
"하나만 주세요!"

영수가 소주를 잔에 넣는다.
한 모금을 한 번에 털어 넣는다.
다시금 소주잔에 술을 가득 채웠다.
또 한 잔 마신다.
세 번째 잔에 술을 가득 붓는다.
또 한 잔!
또 한 잔!

연거푸 계속 먹는다.
소주 한 병을 10분 만에 다 마셨다.
얼큰히 취한 영수는 기분이 좋다.

"영희야, 맛있게 먹어! 난 네가 먹는 것만 봐도 배가 불러!"
"영수야, 너도 한 입 먹어 봐"
"그래, 그러자!"

그렇게 그들은 삼겹살을 후딱 해치웠다!

"영희야 할 말이 있어."
"뭔데?"
"우리 당분간 만나지도, 전화하지도 말자!"
"왜?"
"이제 ○○전자 채용이 있거든!"
"아! 그래!"
"조금만 참아 줘! 내가 꼭 합격해서 널 데리러 올게!"
"음… 그래. 나도 참아 볼게!"

그렇게 그들은 헤어졌다.

11장

우울증

영희의 가슴은 답답하고 속이 메일 지경이다.

입맛도 없다. 더 이상 뭘 바라거나 요구할 수도 없는 처지다.

그동안 고시원에 석 달째 월세를 못 내고 있다.

이미 대출을 받을 수도 마이너스 통장도 한도 초과이다.

그렇다고 사채를 빌려 쓰기에는 너무 부담된다.

영수에게 전화할 수도 어디 가서 돈을 빌려 쓰기도 막막하다.

계속 울음이 난다. 참을수록 더 우울증이 심각해진다.

도대체 신은 뭐하냐고 나에게 왜 이런 시련을 주시나요?

묻고 싶어도 말할 수도 없다.

기도가 뭔 소용이라는 말이다.

이제는 교회 갈 차비도 없다.

그때 마침 전화가 온다.

U 권사의 말이다.

"자매님, 어디 계신가요?"

"고시원에 있어요!"

"왜 교회에 안 나오시는가요? 애들이 선생님을 찾고 있어요!"

눈물이 나지만 웃음을 띤 채 말한다.

"제가 좀 사정이 있네요."
"무슨 사정이 있기에 그러신가요? 어디 아프신 데 없나요?"
"아픈 데 하나도 없어요! 좀 쉬고 싶을 뿐이에요!"
"그럼 다음 주에는 나오실 수 있나요?"
"네, 가 보도록 노력하겠습니다."
"기대하겠습니다. 성도님을 위해서 기도할게요!"
"고맙습니다. 권사님! 전화 주셔서 감사합니다."
"네, 성도님만 믿을게요."
"저도 권사님을 위해 기도할게요!"
"아멘."

영희의 가슴이 덜컹거렸다.
애써 웃음 지으려 했지만 본심은 아니었다.
이제는 세상과 단절하고 싶다.
어디를 가던 구속받지 않는 길로······.
하지만 현실에 묶여 한 발자국도 걸을 수 없다.
또 울음이 나온다.
참으려 해 봐도 울음이 멈추질 않는다.
난 이제 어디로 가야 하나?
현실 세계를 벗어나고 싶다.
그렇다고 현실을 부정해 봐도 아무 소용이 없다.
그렇다면 내 인생을 끊으면 족하냐?
계속해서 망설여진다.
죽을 용기도 살아갈 용기도 남아 있지 않다.

배는 고프나 밥 생각도 없다.

이를 어떻게 하면 좋으리?

슬슬 정신이 혼미해지면서 잠에 빠져든다.

이날이 끝이었으면.

몇 시간이 지났을까?

너무 배가 고파서 잠을 잘 수 없다.

밥을 먹으러 간다.

밥솥에 밥이 가득하다.

밥공기에 밥을 푸고 나서는 허겁지겁 밥을 먹는다.

또다시 밥공기에 밥을 담는다.

허겁지겁 다시 밥을 먹는다.

이제야 살 것 같은데 급체를 한 모양이다.

먹었던 밥을 다 토해 내 버린다.

다시 방으로 온다.

딸꾹질이 멈추지 않는다.

이제는 더 이상 잠을 잘 수조차 없다.

하나님이 원망스럽다. 신은 왜 나에게만 이런 시련을 주시나요?

아무 대답이 없다.

더 이상 버틸 힘이 남아 있지도 않다.

기도하고 기도한다.

제발 절 살게 내버려 두라고요!

아무런 대답이 없다.

지쳐 쓰러진다. 그리고 깊은 잠에 빠진다.

12장

갑작스러운 전화

영희가 긴 잠에서 일어났다.

홀로 된 공간, 홀로 된 시간

어디라도 도망치고 싶다.

그러나 갈 곳이 없다.

영수에게 전화하는 것도 망설여진다.

전화해야 하나, 말아야 하나?

30분 동안 고민에 빠졌다.

일단 이렇게 된 이상 물러설 수 없다.

용기 내어 영수에게 전화한다.

"여보세요?"

"나 영희야?"

"요즘 잘 지내니?"

"응 잘 지내고 있어!"

"우리 당분간 전화 안 하기로 했잖아!"

"응, 네가 걱정돼서 전화했어!"

"내 걱정은 하지 말고 너 몸조리 좀 잘해!"

"응, 알겠어!"

"조금만 기다려 줘. 조급해하지 말고!"
"응, 알겠어!"
"그럼 내가 합격하고 전화하자!"

영수는 짜증이 났다.
인생이 고되다고 하지만 버틸 수 없을 것만 같다.
영희는 실망했다.
내가 이렇게 힘든데 전화 한 통 한 게 무슨 죄냐?
영희가 또 울음이 터졌다.
이제는 목 놓아 울고 있다.
옆방에서 말한다. 좀 조용히 하라고.
영희는 울음을 삼키고 있다.
그래도 눈물이 계속 난다.
이제는 어떡해야 하나? 영수에게 배신감마저 든다.
이제 딱히 전화할 곳이 없다.

그때였다. 어머니에게 전화가 걸려 왔다.
받아야 하나, 말아야 하나? 고민된다.
일단 전화를 받는다.

"우리 딸 잘 있지?"
"그럼요. 밥도 잘 먹고 있어요!"
"우리 딸 반찬이라도 부쳐 줄까?"

영희가 울컥한다.

"아니요!"

"고시원장님이 너무 잘해 주셔서 밥과 반찬도 많아요!"

"응. 그럼, 잘 지내라!"

"응, 잘 지내 보도록 할게요!"

"그럼 잘 지내라, 우리 딸! 힘들면 고향으로 내려와라!"

"응, 알겠어요."

"씩씩하게 지내렴!"

"네, 어머니. 저 걱정 안 하셔도 돼요!"

"응, 그렇게! 밝고 건강하게 지내렴!"

"네, 어머니!"

영희는 울음을 참느라 내색도 못 했다.

13장

자살

영희는 더 이상 견딜 수가 없었다.

외로움과 공허함이 그녀를 몰아쳤다.

나는 이제 어디로 가나? 갈 곳도 없다.

지금 고향으로 가는 것도 부담스러웠다.

매일 금식 기도를 하며 물로 배를 채웠다.

그러나 응답이 없었다.

삶에 점점 지쳐 간다.

'하나님, 절 사랑하긴 하시나요?'

따져 보고 싶었다.

그렇게 시간은 흘러갔고, 토요일이 되었다.

내일 교회에 나가야 하는데, 몸이 쇠약해져서 갈 힘조차 없다.

그녀는 가지고 있는 돈을 살펴보았다.

천 원짜리 한 장, 오백 원짜리 두 개, 백 원짜리 8개!

이것으로 무엇을 해야 하나?

잠시 고민에 빠졌다.

죽음의 기운이 그녀를 스쳐 갔다.

무작정 돈을 들고 밖으로 나왔다.

아이스크림 하나를 집어 들었다.

그리고 구멍가게 아줌마에게 웃으면서 물어봤다.

"아주머니, 번개탄 있어요?"

"왜 그런 걸 찾냐?"

"오던 길에 할머니를 만났는데, 다리가 아파서 못 걷겠다면서, 대신 번개탄을 사 올 수 없냐고 묻던데요?"

"그 양반 갈 때가 다 되었나 보지? 자, 여기 있다."

"얼마예요?"

"이천오백 원. 잘 가라, 내일 보자!"

그렇게 고시원으로 돌아온 그녀는 생각했다.

죽음만이 내가 살 길이라고 되뇌었다.

오늘 오후 10시 모두가 잠든 시간에 번개탄을 꼭 피리라!

그리고 잠에 빠져 들었다.

일어나니 오후 9시가 아닌가?

날은 어둠에 짙어 갔다.

1시간 후면 모든 상황은 종료가 된다.

초조했지만 비장한 각오가 있었다.

오후 10시 5분 전!

모든 것이 완료되었다.

드디어 오후 10시!

번개탄에 불을 붙였다.

연기가 점점 올라오기 시작했다.

침대에 누워 그녀는 생각했다.

지긋지긋한 이 삶도 끝이라고,

번개탄이 점점 타들어 간다.

그만큼 연기도 빨리 퍼졌다.

연기는 빠르게 퍼졌고, 영희는 몽롱함을 느꼈다.

콜록콜록, 숨을 못 쉬겠다.

그것도 참아 냈다.

눈가에는 눈물이 흐른다.

그렇게 정신을 잃어 가며 잠이 들었다.

14장

일요일

아침이 밝았다.
화창한 날씨다.
바람도 선선하게 분다.

이웃집 할머니가 구멍가게에 들어간다.

"번개탄 한 장 주세요."
"불 또 꺼트리셨어요?"
"무슨 말이야?"
"어제도 번개탄 사 가셨잖아요!"
"그건 또 무슨 말이야?"
"어제 영희보고 번개탄 대신 사달라고 그러셨다면서요!"
"뭐라카노?"

그제 서야 구멍가게 사장님은 심각함을 느꼈다.
바로 영희네 고시원에 달려갔다.
그리고 고시원장 집 문을 쾅쾅 쳤다.

"누구세요?"

"구멍가게 아줌마입니다!"

"어쩐 일로 오셨어요?"

"어제 영희가 번개탄을 사 갔는데, 아마 죽으려 했던 것 같아요!"

"네? 빨리 가 봅시다."

매캐한 냄새가 코를 찌른다.

위험성을 인지한 고시원장이 문을 열어 본다.

문이 잠겨 있다.

얼른 달려 고시원 만능열쇠를 가지고 왔다.

문을 열어 봤더니 연기로 안개가 낀 것 같다.

고시원장은 입을 막고 재빨리 달려 창문을 열어 보려 했지만,

테이프가 감겨 제대로 문을 열 수 없다.

콜록콜록 기침이 자꾸 난다.

테이프를 다 떼고 창문을 열었다.

방에서 나온 원장은 재빠르게 119에 전화를 한다.

10분 후 사이렌 소리가 들린다.

연기도 어느 정도 빠졌다.

구급대가 고시원에 들어갔다.

그녀를 업고 구급차에 실은 채 재빨리 병원으로 옮겨 갔다.

고시원장도 따라간다.

구급차에서 심폐 소생술을 지속해서 한다.

심장 박동이 약하기만 하다.

죽을힘을 다해 심폐 소생술을 계속한다.

심장 박동이 점점 줄어들더니 '삐' 소리와 함께 심장이 멈췄다.

구급대원은 더 이상 심폐 소생술을 할 수 없었다.

—— 자살 여행 ——

그의 이마에 식은땀이 흐른다.
병원에 가기 전 그녀는 이미 숨겨 있었다.
고시원장은 하염없이 눈물을 흘린다.
고시원장이 집에 돌아왔다.
그리고 영희 방에 들어갔다.
유서가 발견됐다.

"아버지, 어머니 죄송합니다. 영수야, 미안해."

고시원장은 할 말을 잃었다.

그 날 교회에 영희가 오지 않았다.
아이들은 스스로 성경을 공부했다.
떠들고 웃고 신이 나 있다.
오늘도 영희가 교회에 안 나온 걸 아는 권사는 영희에게 전화했다.
예배가 다 끝난 후 권사가 영희에게 전화했다.
아무리 기다려 봐도 전화를 받지 않는다.
2, 3번 계속 전화해도 전화를 받지 않는다.
이를 수상히 여긴 권사가 직접 영희의 집으로 가기로 했다.

"영희 자매님, 안에 계십니까?"

아무런 반응이 없다.
방문을 열어 보았다.
매캐한 냄새가 코끝을 스친다.
그리고 그녀가 발견한 건 번개탄!

재빨리 고시원장 집에 들어갔다.
방문을 두드렸다.
고시원장이 나왔다.

"누구세요?"
"영희가 가는 교회의 권사입니다."
"영희는 어디에 있나요?"

고시원장은 잠시 침묵 했다. 그리고 말했다.

"영희는 죽었습니다."
"궁금하시면 ○○병원에 가 보세요!"

권사는 택시를 타고 급하게 병원에 찾아갔다.
응급실에 들어갔다. 그리고 한 응급의사를 만났다.

"영희는 어디 있습니까? 의사 선생님!"
"병원에 오기 전 사망했습니다. 일산화탄소 중독으로 인한 사망입니다."
"지금은 어디 있나요?"
"영안실에 있습니다."

권사는 힘을 잃고 주저앉았다.

15장

긴급 전화

고시원장은 영희의 방을 살펴보았다.
낡은 핸드폰이 있었다.
연락처를 살펴보았다.
어머니 연락처가 있는 게 아닌가?
그래서 전화를 걸었다.

"영희야, 무슨 일 있니?"

잠시 침묵이 흘렀다.

"영희 어머니세요?"
"당신은 누군가요?"
"영희의 고시원장입니다."
"무슨 일로 전화 하셨어요? 그것도 영희의 핸드폰으로요?"

또다시 침묵이 흘렀다.

"어머님 잘 들으세요. 영희가 죽었습니다!"

"뭐라고요?"

"어머님 똑똑히 잘 들으세요! 영희가 죽었습니다."

"왜요? 우리 영희는 그럴 애가 아니에요!"

"믿지 못하시겠지만 다시 한번 들으세요! 영희가 번개탄을 피워 자살했습니다."

"사실인가요?"

"확인하시려면 ○○병원으로 가 보세요! 저는 전화 끊겠습니다."

그리고 고시원장은 연락처를 다시 한번 살펴보았다.

연락처에 친한 친구라는 항목이 있다.

고시원장은 전화를 걸었지만 받지를 않는다.

두 번, 세 번.

그제야 전화를 받는다.

"영희야, 우리 당분간 전화 안 하기로 했잖아!"

또다시 침묵이 흐른다.

"영희의 친한 친구세요?"

"누구세요?"

"혹시 영수 씨 아닌가요?"

"누구신데 제 이름을 알죠?"

또다시 침묵

"영희의 고시원장입니다."

"어쩐 일로 전화하셨어요?"

침묵

"잘 들으세요! 영희가 번개탄을 피워 자살했습니다."
"네?"
"정말이에요! 사실입니다. 확인하시려면 ○○병원으로 가 보세요. 전화 끊겠습니다."

영수는 다리가 풀려 버렸다.
그리고 큰 고민에 빠졌다.
삶의 의욕마저 없어졌다.

16장

영안실

목사 내외는 옷을 입는 둥 마는 둥 재빨리 교회의 낡은 미니밴에 올랐다.
마음이 초조해진다. 최대한 빠른 속도로 서울에 있는 병원으로 내달렸다.
도착하고 나니 새벽 4시다.
응급실에 들어갔다.

"영희 어디 있습니까?"
"찾아보도록 하죠!"

심장이 쿵쾅거린다.

"아, 영안실에서 있네요. 거기로 가 보세요!"
"영안실이 어디 있습니까?"
"저쪽으로 가 보세요!"

그렇게 영안실에 들어갔다.
한 시가 바쁘다.
안내 데스크에서 말한다.

"어쩐 일로 오셨나요?"
"영희는 어디 있죠?"

그때 한 의사가 나온다.

"영희 아버님이세요? 이리로 오세요."

영안실로 들어간 내외는 싸늘함을 느꼈다.

"이 분이 영희 씨 맞나요?"

어머님이 통곡하며 운다.
아버님은 말을 잃었다.

"맞군요. 병원에 오기 전 이미 사망 상태였습니다. 저희가 손 쓸 틈이 없었습니다. 국과수에서 조사해 본 결과 상흔의 흔적이 없었습니다. 그런데 이런 말씀을 해도 될는지 모르겠습니다만, 배 속에 태아가 있었습니다. 혹시 남자친구 분 아시나요? 부검해 보시겠습니까?"
"부검은 됐고요! 얼른 빨리 시신을 고향으로 보내길 원합니다."

아버님은 눈물을 훔치고 있었고, 어머님은 그 자리에서 누워 버렸다.

17장

장례식 첫째 날

영희의 시신은 고향 장례식장으로 보내졌다.

이따금 사람들이 찾아오기는 했지만, 아직 동내에 소문이 퍼지질 않았다.

상복을 입은 목사 부부 내외는 망연자실 상태였다.

목사님은 고개를 푹 수그린 채 눈물을 글썽였고, 사모님은 주저앉아 넋을 잃은 듯한 표정을 이었다.

이윽고 교회 내부에서 소식이 급속도로 퍼져 나갔다.

새벽 기도회에 목사님이 안 나온 까닭이다.

교회 식구들이 삼삼오오 모여 장례식장에 들어왔다.

그들은 기도하며, 찬양하며 영희의 영혼을 달래 주었다.

18장

장례식 둘째 날

소식은 작고 아담한 교회가 있는 마을 전체에 퍼졌다.
마을 이장을 비롯한 마을 사람들이 대거 장례식장으로 몰려왔다.
마을 이장이 목사 내외에게 말했다.

"삼가 고인의 명복을 빕니다. 기운 차리셔야죠."
"감사합니다. 몸 둘 바를 모르겠네요."

차례차례 조문이 이어졌다.

몇 안 되는 마을 청년들은 자리에 앉아 술상을 받았다.
조용히 술을 홀짝이고 있었다.
취기가 오른 그들은 말을 하기 시작했다.

"전라도 놈들은 뒤통수를 잘 때린단 말이지?"
"형님, 형수가 바람 핀 거 잘 해결 됐슈?"
"누가 그래! 우리 마누라가 바람피웠다고?"
"온 동네에 소문이 다 퍼졌슈?"
"형님도 젊었을 때 읍내 다방을 쑤시고 다녔다고 그러던디?"

소주를 연거푸 들이켠다.

"누가 그래?"
"난봉꾼으로 소문 다 났슈!"

참다못한 그는 소주병을 깨뜨린다.

"제발 좀 그만하시라고요!"

그녀를 짝사랑했던 청년이었다.

일행은 황급히 장례식장에서 빠져나왔다.
그렇게 빠져나온 그들은 집으로 향해 출발하려 한다.
그가 말했다.

"오늘은 즐거웠고 내일 또 봄세!"
"형님, 술 마시고 취하셨는데, 대리 운전 기사 부르시죠?"
"나 많이 안 취했어, 나 먼저 갈게!"

그는 봉고차에 올라 계속 읊조렸다.

"개 같은 놈들! 개 같은 년들!"

속도가 빠르게 올라가고 있었다.
신호등 빨간 불을 신속하게 벗어났다.
이제는 녹색 불이다.

찰나 누군가가 불법 유턴을 하는 게 아닌가?
깜짝 놀라 브레이크를 잡았지만 때는 이미 늦었다.

'꽝'

정면으로 부딪쳤다.

"으으윽, 개 같은 새끼들!"

그리고 정신을 잃고 말았다.

19장

장례식 셋째 날

대형 교회에서 영희가 자살했다는 소문도 빠르게 퍼졌다.
그리고 부목사, 권사님을 비롯한 성도들이 교회 버스에 올라탔다.
장례식장을 향해 출발했고, 장례식장에 도착했다.

삼삼오오 모여 장례식장에 들어갔다.
목사님 내외를 슬픈 마음으로 애도했다.
그런데 갑자기 사모님이 쓰러지는 게 아닌가?
식음을 전폐한 결과다.
병원으로 급히 이송되었다.
부목사의 설교와 기도와 찬양이 이루어졌고, 서둘러 그들은 떠났다.

그렇게 영희의 장례식은 막을 내렸고, 화장되어 기독 묘지에 묻혔다.

20장

울고 싶어라

영수는 아무것도 손에 잡히지가 않았다.
한숨도 잠을 이룰 수 없었다.
이제는 편의점 야간 아르바이트하러 가는 시간이다.
삶의 모든 의욕을 잃은 그는 편의점에 들러 양주와 담배를 한 갑 샀다.
그리고 방에서 양주를 잔도 없이 먹는다.
시간은 흘러갔고, 갑자기 전화가 걸려온다.
영수는 편의점 사장임을 직감했다.

"영수야, 무슨 일 있니? 어디 아프니? 4년 동안 지각 한번 안 하던 네가
왜 오질 않는 거니?"
"그럴만한 사정이 있어서요."
"그래, 내일은 나올 거지?"
"네, 그러도록 할게요."

몽롱한 정신으로 방에서 탈출했다.
택시를 탔다.

"한강대교로 가 주세요!"

"젊은이, 무슨 사정이 있는 줄 모르겠다만, 어려운 시절도 한때야. 힘을 내시 게나!"

"그냥 바람 좀 쐬러 갈 뿐이에요!"

"젊은이, 가기는 가겠다만 허튼 생각 말게나."

"알았으니 빨리 좀 가 주세요!"

한강 다리 도착했다.

영희와 첫 만남이 이루어진 곳으로 갔다.

난생처음 담배를 피워 본다.

콜록콜록

한 대만 피웠는데도 속이 울렁거린다.

한강 물에 먹었던 양주를 다 토해 낸다.

그리고 물끄러미 한강 물을 바라본다.

그런데 어디선가 울음소리가 들린다.

어떤 여자가 울면서 걸어오는 것이 아닌가?

영수를 그녀를 무시한 채 한강 물을 지그시 바라본다.

그리고 읊조린다.

"나의 사랑, 나의 연인, 나의 미래."

에필로그

사의 찬미

황막한 광야에 달리는 인생아 너의 가는 곳 그 어데냐
쓸쓸한 세상 험악한 고해에 너는 무엇을 찾으려 하느냐
눈물로 된 이 세상이 나 죽으면 그만일까

행복 찾는 인생들아 너 찾는 건 허무
웃는 저 꽃과 우는 저 새들이 그 운명이 모두 다 같구나
삶에 열중한 가련한 인생아 너는 칼 위에 춤추는 자 도다
눈물로 된 이 세상이 나 죽으면 그만일까

행복 찾는 인생들아 너 찾는 것 허무
허영에 빠져 날뛰는 인생아 너 속였음을 네가 아느냐
세상의 것은 너에게 허무니 너 죽은 후는 모두 다 없도다

눈물로 된 이 세상이 나 죽으면 그만일까
행복 찾는 인생들아 너 찾는 것 허무